사유의 향기

도서출판
작가마을

사유의 향기

초판인쇄 | 2017년 9월 10일 **초판발행** | 2017년 9월 20일
지은이 | 류선희 **주간** | 배재경 **펴낸이** | 배재도 **펴낸곳** | 도서출판 작가마을
등 록 | 2002년 8월 29일(제 2002-000012호)
주 소 | 부산광역시 중구 대청로 141번길 15-1 대륙빌딩 301호
          T. 051)248-4145, 2598 F. 051)248-0723 E. seepoet@hanmail.net

국립중앙도서관 출판예정도서목록(CIP)

사유의 향기 : 류선희 시집 / 지은이: 류선희. — 부산 : 작가마을, 2017
  p. ; cm. — (작가마을시인선 ; 26)

ISBN 979-11-5606-076-5 03810 : ₩9000

한국 현대시[韓國現代詩]
811.7-KDC6
895.715-DDC23   CIP2017021558

본 도서는 부산광역시, 부산문화재단 지역문화예술특성화사업으로 지원을 받았습니다.

작가마을 시인선 26

사유의 향기

류선희 시집

시를 써온 지 30년,

열 번째 시집이다.

처음이나 지금이나

낯설고 부끄럽기는 매한가지다.

시는 바람과 달리

잔잔한 행복감 속에서

영육의 무게를 덜어주니

시가 있어

조금은 수월하게

차안此岸을 벗을 것 같은

예감이 든다.

언제쯤 나를 버릴 수 있을지……

2017년 초가을

昭晶 柳善姬

류선희 시집

작가마을 시인선 ㉖

・차례

사유의 향기

류선희 시집

작
가
마
을

시
인
선
㉖

3부

사유의 향기

작
가
마
을

시
인
선

㉖

제1부

가로등

모든 가로등은 하루살이다.
어둠별이 뜨자마자 다시 태어나,
초췌한 몰골로 떨고 있는 풀들
잠시라도 누이려
뼈마디마다 녹여서
시린 어둠 죄다 걷어내고
뜨거운 꿈길을 연다.
보름달처럼 넘치거나
안개같이 잔인한 것들이
길 위에 길 내는 것은
누구나 할 수 있는 일이라고
등 뒤에서 빈정댈지언정
이슥토록 잠 못 드는 나목이나
길 속에서도 길을 찾는
눈먼 새를 위해
남은 불씨까지 마저 지피다
끝내 빈 몸으로 하루를 접지만
수직으로 살다 죽는 가로등은
매일매일
눈물겹게 부활한다.

갯벌

썰물이 등을 보이면
이내
바다의 자궁이 드러난다.

자궁벽을 헤집고 나온 목숨,
질긴 목숨들

싹으로 트거나
꿈으로 뜨거나

길 속으로 기어가고
길 밖으로 날아가고

먹구름까지 게워낸 모래톱
드디어
눈부신 나신으로 눕는다.

그림자도 꿈꾼다

그림자도 꿈이 있다.
별안간 불쑥불쑥 솟아
좀체 고개 숙이지 않는 유채색 꿈,
꾹꾹 눌러 앉힌 채
무채색 몸으로
평생 엎드리고 산다는 것이
얼마나 곤혹스러운 일인지
날아다니는 것들은 모른다.
체념도 하다 보면 습관이 되는 것을
가난한 알몸이면 어떠랴
뼈 하나 없는 바람이면 어떠랴
훌훌 벗어버리고
훌훌 털어버리고
언제든지
어디든지
날아갈 수만 있다면.

꿈꾸는 새

꿈이 있는 새는
쉬이 날개를 펴지 않네.
뼛속까지 박혀
아무리 몸부림쳐도
도무지 솎아낼 수 없는 탐심
진솔한 참회로 남김없이 녹이고,
가슴 파고드는 숲의 속삭임이며
얼굴 고운 꽃들의
애잔한 몸짓까지 고개 돌리더니
이윽고
구름 가르는 바람일 때
바람 보듬는 홑씨일 때
서서히 날개를 펼쳐
꿈을 향해 비상하네.

본능에 대한 사색

바람이 는개 속에서
별을 캐려는 것은 지나친 허욕이다.

폭우 속의 등대가
불씨를 일구려는 것 또한
넘치는 탐욕이다.

놓여 있는 조건이나
놓이게 된 형편과는 무관하게
꼿꼿이 고개 쳐드는 본능보다
더 추접스러운 것은 없느니

어둠 속에서 더 꿈틀거리는
본능의 생리
미리 가늠하여
스스로 조율할 때

바다 한가운데서도
그지없이 자유로운 섬이 된다.

날개 다루기

산다는 것은
하루하루
날개를 펴고 접는 일이다.

날개 켜켜이 싹이 돋아
나부대는 꿈들을 솎아 보았는가

비대한 욕망에 눌려 축 늘어진 날개
스스로 접어 보았는가

덮어놓고 짊어진 탐貪으로
제대로 일어서지 못하는 날개
그보다 슬픈 것은 없다.

행복의 척도와 날개의 무게는
반비례하느니

거침새 없는
비상을 위하여

짓누르는 욕념欲念
예리한 지혜로
가차 없이 뽑아버릴 일이다.

빗방울

눈 치켜뜨는 빗방울은 없다.

송두리째 몸 던져
삽시간에 지상의 별이 되어
가장 낮은 곳에서 뒹구는
낙엽의 눈곱까지 떼어주는
빗방울이여!

송송 돋은 별들이 켜는
빗방울 전주곡으로
얼마나 많은 것들이 목을 축이는지

빗방울처럼 몸 비워본 적
한 번도 없으면서
그대 어찌 별을 꿈꾸는가

부디

눈 그만 치켜뜨고

숙이고 또 숙여야 하리

문득문득 그리운 별을 위하여.

사유思惟의 향기

바다의 일상에서 우선은
날개마다 곤추세워
밤새 덕지덕지 눌어붙은 얼룩
포말처럼
흔적 없이 스러지게 하는 것이다.

흩날리는 진애塵埃마저 쓸어낸
더없이 순수한 몸으로
어느 향기에도 비길 수 없는
고뇌하는 사유의 향기
투명하게 분사噴射되도록
오욕의 싹까지 자르는 바다

깊이 사유하는 바다는
날마다 새롭게 태어난다.

포용하는 채롱으로
정화되는 성반으로.

아름다운 관계

북해도 푸른 연못에
깊이깊이 뿌리내린 자작나무는
비바람이 마구 후려쳐도
꼼짝 안 한다.

행여 뿌리째 날아갈까
연못의 얼굴
파리하다 못해 검푸른데

분신이듯
가슴살 깊숙이 박힌
질깃질깃한 사랑

아무리 흔들어도
아무리 흔들려도
결코 새가 되지 않는다.

어둠을 긷다

어둠은 미지微盲의 샘이다.

두레박줄 내려
어둠을 길어 올리면

두레박 가득
눈뜬 사유思惟가 출렁거린다.

어둠이 분만한 사유
마침내
앙증맞은 별꽃으로 핀다.

진부한 꽃

온갖 정성을 쏟아
애써 길러도
오래 묵어 낡은 상념想念은
좀처럼 꽃을 피우지 못한다.

가까스로 꽃 피웠어도
아예 향기가 없거나 미미하여
누울 자리 아니
설 자리조차 없다.

참신하게 변모시키거나
유달리 돋보이도록 개량하면
혹여 진부한 옷이 벗겨질까

어쩌랴
그대 앞에서 반짝이고 싶은
진부한 저 꽃들을.

춤추는 폭포

폭포의 꿈은 곡선이다.
하강하기 전부터
오로지 부드러운 곡선을 꿈꾸며
직선으로 내리박혀
살은 물론 뼈까지 바스러뜨린다.
어찌 아프지 않을까
내지르는 폭포의 절규는
처절한 통곡도 아니고
애절한 비가悲歌도 아닌
환희의 함성이다.
아래로 아래로만 내려다보고
묵은 응어리며
삭은 헛꿈마저 토해내는 폭포
마침내
그토록 그리던 수평으로 눕는다.
꿈 다 벗은 폭포는
낯선 행간에 갇혀서도
하얗게 웃으며
나풀나풀 춤을 춘다.

폭포처럼

잘 산다는 것은
절벽, 그 위에서
폭포처럼
절규하고 절규하며
꿈을 지키는 일이다.

참으로 잘 산다는 것은
절벽, 그 밑에서
폭포처럼
비우고 비우며
꿈까지 버리는 일이다.

편견에 대하여

편견은 깊이를 모르는 늪이다.

미루나무는
멀찌가니 물러서야
그림자의 깊이를 알 수 있고

사람은
가까이 다가가야만
속살의 빛깔이 보인다.

미루나무든
사람이든

존재의 신비나 실체는
시각 차이에 따라
전혀 다른 모습이 되니

분명한 꼬투리도 없이
섣불리 침 뱉는 짓은
헤어나지 못할 수렁에
스스로 빠지는 일이다.

편견의 늪에는 디딤돌이 없다.

풀의 뼈

풀, 풀들이 휘청거린다.
제 뜻으로 휘청거리는 풀은 없다.
살천스런 바람에 무시로 시달리고
육중한 안개가 걸핏하면 짓누르는데
어찌 휘청거리지 않으랴
시달리다 짓눌리다
끓고 있던 분노가 폭발하면
눈 감고 있던 뼈들이
일제히 일어나
흔드는 것마다 쓰러뜨려 눕힌다.
줄곧 흐늘거리고 휘청대도
풀의 뼈는
바람의 날개보다 더 옹골차고
안개의 비수보다 더 날카롭다.

뼈가 없는 것들
어디서나
풀보다 먼저 쓰러진다.

행복의 조건

볼품없고 초라해도
샛강은 제 분수를 안다.
어렵사리
바다에 다다르면
머뭇거리거나 망설이지 않고
제 몸은 물론
하나뿐인 이름까지 버린다.
오래 꿈꾸던 성채城砦에 들어
눈과 눈을 마주하고
가슴과 가슴
틈새 없이 포개어
황홀한 사랑을 건진다.
행복의 조건은
제 분수를 제대로 아는 것이다.
샛강처럼.

휘청거리는 섬

절망의 벽 앞에서는
아무리 튼실한 섬도
제대로 몸 가누지 못하네.

몸 밖에 있는 모든 것에
가까이 다가갈 수 없어 절망하고

몸 가까이 있는 것들이
스스럼없이 등 돌릴 때마다
절망하고 또 절망하지만

안팎이 없는 바다
휘청거리는 것마다 부둥켜안느라
저리 식은땀 줄줄 흘리니

돌아눕고 싶어도
땀범벅이 된
저 뜨거운 가슴
차마 외면하지 못하네.

제2부

가면

화려한 정원의 꽃은
저마다
다채로운 가면을 쓰고 있다.
색색의 가면을 들추면
꽃잎 켜켜이 상처투성이다.
일렁이는 꽃 그림자 또한
숱한 상처들이 눈 부릅뜨고 있다.
막무가내로 설쳐대는 바람
그 끔찍한 난도질
가녀린 꽃잎으로 어찌 막으랴
일그러진 상처가 뒤섞인 몸
안쓰러운 몸 속 어디에
잊을 수 없는 향기
그리 많이 품었는지
기특하다 못해 갸륵하다.
분수처럼 솟구치는
슬픔이며 분노까지 숨긴
꽃의 가면은
감추고 싶은 치부恥部를 가리는
또 하나의 옷이다.

거미줄을 걷어내며

거미줄에는 거의 거미가 없네.
사람 눈과 손이 닿지 않을 곳에
그물을 놓아
먹이가 낚이면
곧바로 거미줄을 버리는 거미.
버리는 것이 살 길이라는 것을
어찌 깨달았는지,
보이면 보이는 대로
잡히면 잡히는 대로
무턱대고 걸친 인연
그 질긴 연줄에 얽히고 얽혀
헉헉대는 인간들에게
가장 중요한 것이 무엇인지
거미는 무언으로 가르치는데
매번, 빈 거미줄만 걷어낼 뿐.
거미의 조소嘲笑는 듣지 못하니
한심하기 짝이 없네.

고목의 꿈

고목의 등에는 날개가 없다.

길고 긴 세월
스스로 풀 수 없는 족가足枷에 갇혀
불구가 된 지체 밤낮 짊어지느라
등가죽마저 헐었다.

아무리 먹어도 고프고
아무리 입어도 시리다.

더는 날 수 없는데
어쩌자고
날고 싶은 꿈은 늙지 않는지……

오랜 담금질 끝에
또 다른 날개가 돋는 독수리

옥죄는 차꼬를 속히 벗고
독수리처럼
다시 날개 펼 수 있었으면.

그림자의 신비

그림자는 어떤 경우에도
제 몸을 세상의 중심에 놓고
사고하거나 판단하지 않는다.

때로는 바람막이로
때로는 은신처로

언제나 사물의 가장자리에서
본체보다 뜨거운 향기로
겸손하게 제 몫을 다한다.

굳었던 가지가 뼈가 되고
얼었던 잎이 살이 되는
오묘한 신비여!

일어설 수 없는 바다나 대지에겐
요원한 꿈인 그림자

겨울 비탈에서
기댈 그림자가 있다는 것은
더없는 축복이다.
더없는 행복이다.

바람이나 사람이나

종작없이 뒤집는 것은 바람의 특기다.
툭하면 바다 속을 까뒤집어
부끄러운 속살이며
내장까지 끄집어내는 바람,
뾰족하게 날 세울 때마다
바다는 안절부절 못하고
늙은 섬이나 등대도
풀어진 아랫도리
얼른 안개의 등 뒤로 감춘다.
저리 매섭게
저리 집요하게
바람이 날뛰는 이유
눈 밝은 등대도 모르고
눈 어두운 섬은 더더욱 모른다.
가슴 없는 바람이나
가슴 있는 사람이나
날이 갈수록 무섭고 두려워
선뜻 다가갈 수가 없다.

밤바다에서

달이 떠난 바다는 청맹과니다.

아무것도 볼 수 없고
아무것도 담을 수 없다.

오고 가는 길 하나밖에
옆도 모르는 파도,
어둠을 가르느라
절망을 바수느라
날개란 날개
다 뭉그러졌어도

달을 잃은 바다는
그저 멍하니
불어터진 가슴만 두드리고 있다.

변명

　흠집을 가리려는 변명은 거지반 길이에 관계없이 구구하다. 잘못에 대한 변백辨白이나 주관에 따른 합리화는 길어지면 길어질수록 꾸미면 꾸밀수록 징글맞은 지렁이가 된다. 군색하고 구차스러운 변명을 아무 거리낌 없이 뱉어버리는 지저분한 그 입, 감쪽같이 포장을 해도 지렁이가 우글거리는 웅덩일 뿐. 하찮은 품위라도 고수하려면 공연히 나불대지 말고 얄팍한 입술, 성능 좋은 지퍼로 단단히 채울 일이다.

비수比首

스스로 추락하는 새는 없다.

안개나 바람처럼

얼굴 감추고 사는 것들은

부드러운 몸 안에 비수를 숨기고 있다.

간사한 비수에 찔려

졸지에 눈이나 귀를 잃은 새,

층계 없는 나락으로 추락해도

엉큼한 것들

회심의 미소 흘리며

슬그머니 사라져버리니

얼굴 없는 비수 앞에서는

필히 비켜가거나

멀리 돌아가야 한다.

난데없이 찔려

어이없이 추락하기 전에.

섬 그리고 사람

감출 것 없는 섬과 섬 사이에는
아예 울타리가 없어
몸 무거운 물안개도
자유롭게 들락거린다.

숨길 것 많은 사람과 사람 사이에는
높은 담이 있어
몸 가벼운 달빛조차
수월하게 넘나들지 못한다.

언어의 빛

허무의 늪에서는
등대의 눈이 되고

절망의 늪에서는
구원의 징검다리가 되고

집착의 늪에서는
예리한 칼이 되는.

씁쓸한 사랑

펄펄 날던 연줄이 끊어졌다.

허황된 꿈으로 부푼 연살에
끊어지지 않을 연줄 어디 있으랴

길 속에서 길 찾느라
허구한 날 종종거리더니
길을 찾았는지
길을 잃었는지

낮은 곳에서 더 반짝거리는 석영石英
청맹과니의 발길에도 차이는데
날아다니는 꿈 낚으려다
저리 황망하게 추락하다니……

초라한 흔적으로도 눕지 못할
씁쓸한 사랑이여!

까맣게 멀어지는 등 뒤에서

연을 잃은 하늘

오늘따라

억수로 울어쌓는다.

예술품의 가치

음향이나 표정예술처럼 날아가는 것이든
조형이나 언어예술처럼 쥘 수 있는 것이든
예술품의 가격은
수요와 공급에 의해 결정되는
시장 원리에서 자유로울 수 없지만
듣고 보는 사람의 견해와 가치관에 따라
크고 작은 차이가 있어
그 가치는 돈으로 환산할 수 없다.

와이만의 '은파'를 두드릴 때면
반짝이는 밤바다에서
달빛과 너울너울
쾌감의 절정에 이르고

등대 같은 시 한 편
가슴에 담으면
길 밖에서도 길이 보이니

작가의 영혼이 녹아든

예술품의 가치는

그 무엇으로도 측정할 수 없다.

운무

더는 벗을 것 없는
나목裸木의 야윈 몸속에
한동안 머물러
간교한 혀를 날름거리며
피를 말리고
뼈마디마다 삭히더니
머리카락 쓸어 올리며
황망히 날아가 버린
잔인한 사랑이여.

치유의 묘약

버릇이듯 착각하는 여자,
오랜 세월 착각하며 살아온 그녀에게 착각은
세로토닌이 생성되는 보고寶庫다.
너울거리는 해피 바이러스 속에서
최상의 도도함과 최고의 화려함과 최대의 호사를
한껏 누리느라 눈이 먼 여자,
시도 때도 없이 날개 펴고 설치는 꼴이
같잖고 아니꼽지만
알고도 모르는 척 보고도 못 본 척 한다.

때로는 착각도
피폐해진 영혼을 치유하는
묘약이 되니.

위대한 뿌리

존재하는 것은 거의가
드러내고 싶은 욕구가 숨 쉬고 있다.

뿌리도 그렇다.

그대가 힘겹게 지핀 불씨
긍지의 등대로 서고

그대가 정성스레 바친 기도는
구원의 날개가 되느니

오직 제 자리 지키며
흔들리지 않으려
안간힘 쓰는 뿌리보다 위대한 것
그 어디에도 없다.

들리지 않는다고
함부로 씹지 마라

보이지 않는다고
함부로 걷어차지도 마라.

통쾌한 구속

　스스로 청맹과니가 된 축구畜狗들이 가서는 안 되는 길을 한사코 가다 결국 어둠의 늪에 빠져, 닥치는 대로 휘두르는 오만의 칼이 퍼덕이는 제 날개 시나브로 파먹는 줄 모르고 꼿꼿하게 고개 쳐든 칼, 어둠 밖으로 내던지기는커녕 아무리 벗겨도 속살까지 어둠인 어둠의 껍질을 벗기느라 발버둥치는 꼴이 가관이다. 절망의 늪에서는 진실로 참회해야 할진대 개 같은 아니 개만도 못한 축생들이 겨울 다 가도록 어둠의 껍질 뜯으려다 끝내 깊은 수렁에 갇혀 허우적거린다.

　자업자득이다.
　푹푹 찌는 날에 쏟아지는 유쾌한 소나기다.

　완벽한 앙갚음은 무관심이지만
　눈먼 저 화상들
　어둠에서 건져달라고
　순간순간 화살기도를 쏜다.

파도가 바다에게

느닷없이 잡아채는 바람에게
머리카락 한 움큼 뽑히고도
아랑곳하지 않는 파도,
잔뜩 움츠린 바다의 어깨
가만가만 두드리며 귀엣말로 소곤댄다.
독기 가득 서려
허옇게 눈 뒤집힌 바람이
앞뒤 안 가리고 휘몰아치면
비킬 수도
피할 수도 없지만
그 어떤 바람도
영원히 머물지 않는다는 것은
천만다행이라며.

바다에게 파도는 뼈아픈 분신이다.

제3부

가교

흔적이 눈감지 못하는 골목은
어제와 오늘을 이어주는 가교다.

담벼락 끝에 조랑조랑 매달리던 빗방울
눈시울 붉히며 머뭇거리던 노을
고샅길 군데군데 풀꽃을 낳던 달빛
불 꺼진 창틀마다 둥지 틀던 별들

문드러진 가슴 열어젖뜨리고
꺼이꺼이 울어대다
끝내 목 잠긴 는개는
오래 전에 날아갔는데
길 안팎에서 아직도 서성거리는
은발의 달이여!

잠시 머물다 떠나간 사랑도
눈물겹지 않은 사랑은 없느니

그리움이 숨 쉬고 있는 골목은
시공時空을 초월하는 가교다.

강물은 떠나도

내 마음의 강에는
허름한 조각배 하나가
강을 떠나지 못하고
사뭇 흔들립니다.
가슴 다 비워 홀가분한 겨울새,
떠나자고 이제 그만 떠나자고
무디어진 날개로 뱃전을 떠밀고
기다리다 지친 겨울바람
삐드득거리는 갑판
오며가며 흔들어대도
강물 따라 흘러간 사랑
머리카락 흩날리며
성큼 날아들 것 같아
저승꽃이 가득 피도록
강물을 따라가지 못합니다.

거북한 동행

내 몸 구석구석에는
얼굴 다른 상흔, 상흔들이
밤낮 눈 뜨고 있어
소름 끼치도록 징그럽다.
깊이 박혔거나 아니거나
이미 박힌 상흔은
칼바람도 뽑아내지 못하고
몸 뜨거운 노을조차 녹이지 못한다.
서슬 퍼런 상흔들
간헐적으로 달무리처럼 맴돌아
누워 있어도 어지럽고
뼈 마디마디 저리지만
그저 견딜밖에
어쩔 도리가 없다.
뒤척이는 상흔을 업고
새가 되어 날아갈 때까지는.

겨울새

어느새 자정의 창이 보인다.

향기로운 별 하나 캐려다
부리가 다 헐고
신명나는 가락 한 마디 건지려다
깃털이 다 바스러져도
여전히 음산한 가슴에는
별은커녕 검은 구름만 그득하다.

비수 같은 파도의 등에서
더는 흔들리지 않으리.

도무지 삭지 않는 꿈
별 대신 심고

불 꺼진 자정의 창가에서
못다 부른 아가雅歌
목쉬도록 부르리.

고독에 절어

검질긴 거머리 같은 고독,
고독이 넌지시 꽂는
절묘한 침에 꽂히면
싱싱하던 이빨이 흔들리고
치근까지 욱신거린다.
뭉크의 노을 속 '절규'가
이처럼 어지러울까
징글징글한 고독이
끈덕지게 물고 늘어질 때마다
푹 삶긴 시래기처럼
온몸이 흐물흐물 으깨지니
젖은 포도鋪道 위를
구멍 뚫린 낙엽으로 구르지 않으려면
수시로 들러붙는 저 찰거머리와
하나 될 수밖에 없다.

그믐달

겨우 달빛 몇 올 건진
가난한 쪽박이다.

별안간에 짝 잃은
어머니의 고무신이다.

스스로 날개 접은
하얀 겨울나비다.

달빛 이불

달은 온몸이 가슴이다.

뜨거운 가슴으로
빛이란 빛
버릇처럼 줄줄이 쏟아낸다.

일생 한데서 누워 사는 바위며
항시 제 그림자보다 더 떠는 풀들
살가운 달빛 덮고
시린 몸 데우는데
바람은 언제나
더 높이 날지 못해 안달이다.

차안此岸의 말미末尾에 누워
더없이 포근하고
더없이 향기로운
달의 가슴을 덮는다.

덤

절절한 사랑은커녕
반짝이는 추억 하나 없어도
거룩한 성체聖體 같은
석양을 보듬을 수 있는
오늘 하루는
참으로 소중한 덤이다.

둥지

차안此岸을 벗은 영혼은
누군가의 가슴에 둥지 틀어
그리운 별이 된다.

말라 틀어진 가슴이든
갈가리 찢어진 가슴이든
별이 보금자리를 튼 가슴은
영롱한 밤하늘이다.

주름진 내 가슴에도
오래 전에 둥지 튼 분신 하나
간간이 반짝거린다.

시간을 채색하다

구절구절이 이어져
불후의 명작이 태어나듯
시간 시간이 쌓여
그대의 유일한 일생이 된다.
생의 기본인 한 시간,
나름대로
최선의 색깔로 칠할 수는 있어도
수정하거나 덧칠하지 못하니
어찌 허투루 대하겠는가
비록
눈부신 명화는 아닐지언정
내가 나에게 부끄럽지 않은
투명한 흔적을 위하여
순결한 백지로 펼쳐지는
시간 시간마다
혼신의 힘을 다해 채색한다.

연가

우리는

가까이 있어도
서로서로 애타게 그리워하는
가을 숲의 단풍입니다.

멀리 있어도
서로서로 이불 덮어주는
밤하늘의 별입니다.

바흐의 평균율처럼
언제나 뒤따르는
'프렐류드'와 '푸가'입니다.

이별, 그 후

사랑이 날아간 후
비로소 알았네.

따라 가지 못한 흔적은
숨 쉬는 상처가 되고

이 빠진 가슴은
바람의 집이 된다는 것을.

이제 더는

칼바람이 면상을 냅다 갈겨도
결코 가면을 쓰지 않는 민낯의 창이
좀 더 기다리라고
간곡한 눈빛으로 말해도,
철철이 가슴 열어
감미로운 향기
선물처럼 건네던 각양각색의 꽃들이
어스름 깃든 사유의 숲
자꾸만 기웃거려도
더는 창을 열지 않겠다.
꿈 식은 낮달 아니면
몸 식은 이내만 서성대는
겨울 창가에서
이제 더는
고도를 기다리지 않겠다.

종심從心을 넘기고도

바람을 재우는 별들의 야상곡이며
빈산을 채우는 나목의 피리소리까지
해진 영혼을 기워줄 향기
여기저기 널려 있는데
종심을 넘기고도 못 듣다니……

수시로 쌓은 흔적이며
행간마다 심은 숱한 추억까지
삶의 군더더기 벗겨줄 비늘
여기저기 흩어져 있는데
종심을 넘기고도 못 보다니…….

추억을 캐다

이따금
모래톱의 젖은 몸 들추어
갈피갈피 각인했던 추억을 캔다.
눈을 뜬 추억, 추억들
연잎 위의 물방울처럼 굴러다니며
빈 가슴 가득
향기로운 풀꽃을 피운다.
'로망스'를 휘감은 풀꽃이 뿜어내는
추억의 향기라니……
한 생이 저물도록
도무지 잊을 수 없는,
도무지 잊히지 않는 추억이라도
마냥 묻어두지 말고
봄날 쑥 캐듯 캐내어
그리운 향기를 맡을 일이다.

특별한 선물

바람은 신神의 선물이네.
험난한 삶의 굽이굽이에서
바람 아니었으면
포용의 갈등으로
첩첩이 쌓인 번뇌와 망념
어찌 다 토했을까
도무지 녹지 않는 갈망의 앙금까지
마저 뜯어내라고
다잡아 재촉하는 바람,
흔들린 만큼 다져지고
휘둘린 만큼 홀가분해져
드디어 가뿐한 종이풍선으로 뜨니
바람이 나를
그토록 모질게 흔들었던 이유
이제야 어렴풋이 알겠네.
아무리 잔인한 바람도
바람은 신의 특별한 선물이네.

황혼의 언덕에서

서서히 익은 노을,
시나브로 익힌 노을의 체온으로
덜 여문 상흔까지 녹인다.
끈질긴 바람
아직도 온몸을 쪼아
마디마디 상처를 내거나
아물지 않은 흉터
샅샅이 뒤져
생채기 내는 것도 모자라
눈감은 파도를 부추겨
멍투성인 몸
여기저기 찔러대지만
시린 뼈까지 데워줄
석양이 저리 푹 익으니
전혀 두렵지 않다.

제4부

겨우살이

서슴없이 내어준 그대 어깨
좀 좁은들 어떠리
낮달의 해쓱한 미소에도
파도는 들떠서
저리 춤을 추는데

아낌없이 나누어준 그대 체온
좀 식은들 어떠리
노을의 서글픈 눈빛에도
섬은 설레어
저리 떨고 있는데.

그리운 향기

피정강의 듣다 무심코 창밖을 내다보니
봄 향기를 뿜는 연둣빛 나무들이 내 귓등으로 흘린 말씀
그 많은 손으로 다 쓸어 담아 보물처럼 움켜쥐네.
말씀의 무게가 버거워 축 처진 팔이 여기저기 보이네.

영성의 집에 사는 모든 나무들은
봄부터 가을까지 시나브로 모은 말씀 겨우내 다지고 삭혀
또 다른 봄이 오면 봄바람에 실어 쉬엄쉬엄 내뿜네.
못내 그리운 어머니의 향기를.

기도의 탑

매일 기도로 탑을 쌓는다.

아무리 높이 쌓아도
결코 무너지지 않는 탑,
오만으로 굳어진 뼈 자디잘게 부수어
쌓은 높이만큼 삶의 무게를 덜어주는 탑,
벚꽃처럼 하르르 별들을 쏟아내
눈먼 영혼의 길을 열어주는 탑

초석을 놓을 때부터
순간순간 풍요로운 위로를 건네받나니
기도로 탑 쌓는 일
번거롭고 성가시다고
어찌 게으름 피우랴.

달처럼

달은 거의 매일
습관적으로 가슴을 연다.

이내가 떠나도록 달군 가슴으로
뒤척이는 섬을 재우다
목마른 낙엽을 다독거리다
이윽고
노상 휘젓고 다니는 바람까지
홀로 끌어안는다.

가슴 없는 바람이
달의 가없는 사랑을 어찌 알랴!

사랑한다는 것은
참으로 사랑한다는 것은
끼리끼리가 아닌
서로서로도 아닌
스스로, 스스로 품는 것이다.

저 달처럼.

두레박을 내려

많이 터득하여
오랫동안 숙고하면
지혜로워지리라 생각했는데,
진정 사랑하여
끊임없이 기도하면
슬기로워지리라 믿었는데
지혜는 노력의 대가 아닌
주님 선물임을
이제라도 알았으니
낡은 두레박이라도 내려
참으로 귀한 선물
바지런히 길어야겠다.
기도 속에서
성서 속에서
미사 속에서
십자가의 길 속에서.

등대

청원기도
얼마나 삭히면
저리 황홀한 꽃으로 필까

화살기도
얼마나 쏘아 올리면
저리 찬란한 별로 뜰까

길 잃은 뭇 영혼을 구하느라
가리가리 찢어진 번민의 날개
끝끝내 접지 못하는 그대

멀리서도 보이는
꽃들의 애틋한 몸짓이여!

멀리서도 들리는
별들의 절절한 아가雅歌여!

배추를 절이며

배추를 절이는 것은 사랑이다.

누군가의 뼛속까지 스며들어
흔적은 물론
티끌 한 점 남기지 않는
소금의 사랑이다.

가장 완벽한.

마음의 눈

우리 마음에는 두 개의 눈이 있다.

제삼자의 입장에서 보는 객관적인 눈은
일란성 쌍생아도 쉽사리 구별하지만,
욕심의 실체나 이기의 본체는
주관적인 눈에만 보여
진실을 가름하기 쉽지 않다.

객관으로 보거나
주관으로 보거나
제대로 보지 못하는 눈으로
그릇된 판단을 하는 것보다
더 큰 죄악은 없느니

사리에 맞는
투명한 삶을 위하여

사리에 밝은
투명한 눈을 위하여

심원한 지혜로
보이지 않는 마음자리
윤슬처럼 갈고 닦을 일이다.

벽안碧眼의 별

작은 사슴 같다는 소록도에는 오래 전에 뜬 벽안의 별 두 개가 지금도 찬연하게 반짝거린다. 가족도 등 돌리는 한센병자를 흰 가운만 걸친 채 맨손으로 얼굴에 튀는 피고름조차 개의치 않고 오랜 세월 보수 한 푼 없이 그들의 생명을 지켜준 오스트리아의 마리안느와 마거릿수녀. 겨울햇살 같은 사랑으로 '저주의 섬'을 '희망의 섬'으로 바꿔 놓은 두 별, 노을 담긴 슬픈 눈망울이 아른거려 소록도 하늘을 영영 떠나지 못할 푸른 눈의 별이여.

본보기

항시 가슴 열고 사는 바다는
사랑의 표본이다.

꿈마다 짓뭉개는 바람이며
그림자 뒤에 숨은 빛도
깡그리 말살시키는 안개마저
가슴에 품느라

도저히 용서할 수 없는 것조차
거듭거듭 용서하느라

결코 가슴 닫지 않는 바다는
구원의 표상이다.

샛강의 노래

끝내 아물지 않은 상처
빛바랜 낙엽으로 어설피 가리고
내처 흐르다 보니
어느새
소용돌이치는 계곡을 다 넘었네.
한참 뭉개던 노을이며
주절주절 넋두리 내뱉던 숲은
이미 눈 감았는데
강물을 흔드는 안개의 살풀이는
언제쯤 날개 접으려는지
아!
얼마나 더 부딪히고
얼마나 더 깎이면 다다를까
더는 흔들리지 않을
더는 휘둘리지 않을
그대의 성채에.

석양, 그 등 뒤에서

생을 마감하고 떠나는
석양의 날개는
가볍다 못해 경쾌하다.

팍팍한 질곡에서 벗어나
그리던 성에 들어서면서도
활짝 편 날개로
오만이 빚은 회한의 편린片鱗까지
말끔히 쓸어낸다.

황혼의 언덕마루에
엉거주춤 걸쳐놓은 탐욕의 넝쿨

어찌 걷어내고
어이 갈무리하면

저리 가벼운 바람으로 날아갈까
저리 뜨거운 그리움으로 남을까.

숲

거대한 오케스트라,
숲이 연주하는 곡은 다양하다.

때로는 합주로
때론 협주로

숲이 들려주는
리스트의 에튀드 '숲의 속삭임'보다
더 아름다운 연가는 없다.

바람, 구름, 노을, 달, 별, 풀, 들꽃, 바위 등등
청중 또한 부지기수다.

전능한 지휘자가 이끄는
아름다운 숲은
개개의 선율이 아우러지는
또 하나의 공동체다.

전언傳言

아무 예고 없이 진도 5.8의 지진이 우주를 흔든다.
유리창이 흔들리고 묵은 시계가 흔들리고
벽에 박힌 십자가도 흔들린다.
엉겁결에 식탁 밑으로 기어든다.
지진이 통과한 머릿속은 온통 새하얀 눈밭이다.
난생 처음으로 흔들리는 우주에 갇히니 속수무책이
다.

가벼운 날개
미리미리 마련하라는 신의 전언

등골이 서늘하다.

아무도 모른다

마지막 순간까지
배교하지 않은 농민들이
바닷물 속에 가라앉아
죽어가는 것을 지켜보고도
그저 침묵했던 하느님,
소토메의 바다는
차마 침묵하지 못하고
무참히 가라앉은 영혼들 대신
내내 소리 죽여 울고 있지만
뼈 깎는 고통을 나누면서
침묵할 수밖에 없었던
하느님의 깊고 깊은 뜻
소토메의 바다도
『침묵』의 저자 '엔도 슈사쿠'도
함묵할 수 없는 바다도
아무도, 아무도 모른다.

지팡이

자갈의 비명도
풀들의 신음도
귓등으로 흘린다.

쉬어 갈 곳 찾느라
두리번거리는 것은
오래된 습관이다.

바닥에 고이는 눈물
굳이 외면하고
오로지
타인의 또 다른 다리로 산다.

파도

파도는
바람이 바다에게 달아 준 날개다.

비록 날지는 못해도
어둠이 쌓은
고통의 벽을 허물고
배신으로 쌓인
분노의 탑까지 무너뜨리는
축복 같은 날개다.

마치
하느님이 인간에게 달아 준
십자가처럼.

관조와 사유, 삶의 여정에서 피어오르는 시의 꽃
– 류선희의 시 세계

정 훈
(문학평론가)

시인은 현상계를 본질계로 잡아당겨 현상이 보여주는 다양한 양태들을 꿰뚫는 사람이다. 달리 말하면 세계의 형식에 갇혀 사는 것에 안주하지 않고 형식과 현상에 가려져 있는 본질을 헤아리려는 자가 시인인 것이다. 따라서 시인은 시의 형식을 빌어 세계의 이면을 들추고 간파해서 세상이 진실로 어떻게 놓여있으며 인간 존재가 나아가야할 자리가 어떠해야 하는지 제시한다. 그렇다고 해서 시인이 철학자나 종교인의 외피를 두를 필요는 없을 것이다. 또한 정치가나 역사가일 필요도 없다. 지식습득이나 행동 변화, 혹은 수행을 목적으로 하는게 아니기 때문이다. 시는 무익하고 무용한 자리에서 그 본연의 뜻을 드러낸다. 하지만 시는 다른 정신적인 인간학문의 분야가 건드리지 못하는 부분들을 도맡는 기능을 지니는데, 이는 존재와 삶의 깊숙한 곳에 웅크려 있는 미적 진리를 들춰내는 일이다. 아무렇지도 않게 보이는 세계의 단면 속에는 상당히 복잡하고 미묘한 또 하나의 세계가 들어있다. 그것은 눈에는 잘 안보이지만 시적 감수성에 곧잘 걸려든다. 지그시 응시하는 가운데 활짝 피어오르는 세계의 속살과, 또한 시적 감성에 더해 깊은 사색의 눈길이 포착한 세상을 류선희의 시는 보여준다.

눈 치켜뜨는 빗방울은 없다.

송두리째 몸 던져
삽시간에 지상의 별이 되어
가장 낮은 곳에서 뒹구는
낙엽의 눈곱까지 떼어주는
빗방울이여!

송송 돋은 별들이 켜는
빗방울전주곡으로
얼마나 많은 것들이 목을 축이는지

빗방울처럼 몸 비워본 적
한 번도 없으면서
그대 어찌 별을 꿈꾸는가

— 「빗방울」 부분

위 시에 드러난 빗방울의 형상화에서 시인의 시선을 엿볼 수 있다. 단순한 자연현상에 지나지 않은 빗방울이 시인에게는 인간의 영역으로 잠입해오는 커다란 의미인 것이다. 세상의 사소한 현상 하나가 선사하는 수많은 생각과 사유들의 일면을 시인은 스케치한다. "눈 치켜뜨는 빗방울은 없다"는 전언에서 빗방울이 지닌 겸손과 비움의 자세를 유추할 수 있다. 즉, "가장 낮은 곳에서 뒹구는/낙엽의 눈곱까지 떼어주"고, 수많은 것들에게 "목을 축이"게 하며 또한 서슴없이 몸을 비운다. 인간사회에서 벌어지는 숱한 일들을 추리면 이기심과 욕망으로 수렴된다. 아무리 좋은 의도와 배려와 친절도 결국엔 자신의 안위와 안녕과 떼려야 뗄 수 없는 관계에 있다. 인간이 지닌 본래심성이 사회공동체를 이루면서 오랫동안 퇴색되고 변질되는 과정을 겪기에 벌어진 사태다. 시인은 인간이 의지와는 무관하게 욕망의 노예로 전락해버린 지금의 상황을 아프게 생각했을 수도 있다. 어쨌든 "빗방울처럼 몸 비워본 적/한 번도 없으면서/그대 어찌 별을 꿈꾸는가"라 묻는 시인의 말처럼, 우리 모두는 어쩌면 자신을 꽉 붙들어 매면서, 그 욕심의 손아귀 내려놓을 마음도 없이 부나방처럼 환상을 좇는다. 인간의 욕심과 본성이 자아낸 부정적인 성질을 염두에 두면서 위 시를 음미하면 시인이 빗방울을 섬세하게 관찰하며 읊조리는 마음의 결을 매만질 수 있게 되는 것이다.

류선희 시인이 이번 시집에서 노래하는 소재들은 지극히 소박하면서 일상에서 자주 대하는 것들이다. 시의 상징 또한 인간 보편적인 감정에서 쉽게 유추할 수 있는 이미지와 관계가 깊다. 시인은 객관적 상관물을 절절하게 불러들임으로써 자신의 시적 전략을 완수한다. 결여된 공간과 비어있는 세계, 늘 한 곳이 빠져버려 기형적인 세계에서 아옹다옹하며 살아가는 지금 이곳의 결손 상태를, 시인은 자연적이고 단순하면서도 친숙한 소재로써 드러내고 명시한다. 겸허와 자기 비움의 정신에서 비롯한 시적 형상화다. 대체로 이런 시는 담백하고 정갈한 맛이 있다. 여기에 또한 시인의 가치관과 세계관이 포함되는 경우도 흔하다. 이는 세계의 숨겨진 이면을 들추면서 튀어나오는 정신의 의미화가 작용한 결과다.

> 잘 산다는 것은
> 절벽, 그 위에서
> 폭포처럼
> 절규하고 절규하며
> 꿈을 지키는 일이다.
>
> 참으로 잘 산다는 것은
> 절벽, 그 밑에서
> 폭포처럼
> 비우고 또 비우며
> 꿈까지 버리는 일이다.
>
> ― 「폭포처럼」 전문

무엇이 행복인지 자문할 때 으레 물질적인 부나 소원의 성취 상태를 떠올린다. 그런데 시인에 따르면 이것은 단지 잘 사는 상태에 지나지 않다. 그에게 참된 행복이란 "폭포처럼/비우고 비우며 꿈까지 버리는 일이다." 여기서 우리는 속세의 가치가 지니는 부질없음을 알아야 한다. 세속의 인간들이 눈에 보이는 것들에 시선을 쫓고, 눈에 보이는 것들을 소유하려는 마음에 정신이 빠져있음은 당연지사다. 그런데 모든 것은 변한다는 철칙에 따르자면 이 세상의 부귀영화나 명예는 부질없고 헛된 일일 뿐이다. 시인에게 소중한 것은 무엇을 바라는 마음마저 가만히 내려놓는 일이다. 마음이 움직이면 별의별 환상에 빠져들기 마련이다. 욕심이 생기는 마음을 가만히 지켜보면서, 이 욕심이 움직이는 자리를 응시하며 본래 변하지 않는 성품을 떠올린다면 집착하는 마음이 얼마나 헛된 일인지 깨닫게 되는 것이다. 시인은 "꿈까지 버리는 일"을 진짜 잘 사는 일이라 단정한다. 허망과 애착을 불러일으키는 욕심마저 끊어버리는 일이야말로 시인에게는 참된 행복이 되는 셈이다.

『사유의 향기』의 시편들이, 시인이 세계를 바라보면서 터득하게 된 정신적인 가치들로 촘촘하게 박혀있다는 사실은 역으로 말해 시가 본래적으로 지향하는 지점에 시인의 손끝이 닿아있다는 말과 상통한다. 요란하고 다채로운 삶의 방법들이 있는 반면에 시인에게 삶은 지극히 단순하면서도 진실의 정도正道를 추구한다. 비우고 덜어내는 가운데서도 우리가 사소하고 하찮게 여기곤하는 존재에 대한 새로운 시각을 시인은 제공한다. 크고 무겁고 화려한 가치가 아니라 작고 홀가분하면서도 담박한 삶의 여정을 시인은 걷고자 한다. 이는 인간이라면 누구나 지니게 마련인 자기중심적이고 자아우월성향의 상태를 이성과 의지로 극복하려는 시인의 정신적인 성향과도 관계가 있을 것이다.

> 그림자는 어떤 경우에도
> 제 몸을 세상의 중심에 놓고
> 사고思考하거나 판단하지 않는다.
>
> 때로는 바람막이로
> 때로는 은신처로
>
> 언제나 사물의 가장자리에서
> 본체보다 뜨거운 향기로
> 겸손하게 제 몫을 다한다.
>
> 굳었던 가지가 뼈가 되고
> 얼었던 잎이 살이 되는
> 오묘한 신비여!
>
> 일어설 수 없는 바다나 대지에겐
> 요원한 꿈인 그림자
>
> 겨울 비탈에서

기댈 그림자가 있다는 것은
더 없는 축복이다.
더 없는 행복이다.

– 「그림자의 신비」 전문

일종의 그림자론이라 할 수 있는 위 시에서 시인은 그림자가 지니는 미덕을 진술한다. 간단히 말해 그림자는 "언제나 사물의 가장자리에서/본체보다 뜨거운 향기로/겸손하게 제 몫을 다한다." 본체의 환영이나 지엽적인 존재에 불과하다고 여기는 그림자가 실은 본체보다 뜨겁고 육중한 존재감을 지니는 것이다. 인간은 늘 자신과 타인을 구분하면서 주체적인 자신에게 과도한 의미 부여를 하는 경향이 많다. 주체와 타자의 경계 설정에서 비롯하는 여러 문제들도 바로 주체 중심의 사고방식에서 연원한다. 그림자를 비유로 들면서 시인은 자기중심적인 태도를 비판한다. "어떤 경우에도/제 몸을 세상의 중심에 놓고/사고하거나 판단하지 않는" 그림자의 속성이야말로 이타행의 첫걸음이다. 그리고 또한 "축복"이 된다. 그림자를 비유가 아니라 그림자에 대한 실체적인 사유의 하나로 보아도 무방할 것이다. 이 또한 자체 그대로의 참신한 시적 이미지로써 시의 맛을 느끼게 해준다. 시인에 따르면 그림자는 "오묘한 신비"다. 신비는 가려져 있지만 결국에는 베일을 걷고 나타나게 되는 진실이다. 시인은 여기서 존재론적인 사유로까지 나아가는 통로를 마련한다. 「그림자의 신비」가 존재론의 윤리적인 측면을 주로 건드리고 있다면, 다음의 「시간을 채색하다」의 경우 존재의 본질적인 속성이라 할 수 있는 '시간성'을 바탕으로 한 인간론을 보여준다.

구절구절이 이어져
불후의 명작이 태어나듯
시간 시간이 쌓여
그대의 유일한 일생이 된다.
생의 기본인 한 시간,
나름대로
최선의 색깔로 칠할 수는 있어도
수정하거나 덧칠하지 못하니
어찌 허투루 대하겠는가
비록
눈부신 명화는 아닐지언정
내가 나에게 부끄럽지 않은
투명한 흔적을 위하여
순결한 백지로 펼쳐지는
시간 시간마다
혼신의 힘을 다해 채색한다.

– 「시간을 채색하다」 전문

일생을 결정짓는 빛깔은 사람마다 다르다. 그가 살아온 방식이나 가치관, 혹은 태도에 따라 다양한 것이 그 사람의 삶의 색깔인 것이다. 삶의 다양한 전개와 이에 따른 정체성 형성에 중요한 작용을 하는 것이 바로 시간이다. 시인에게 시간의 중요성은 시의 중간 부분에 진술한 "최선의 색깔로 칠할 수는 있어도/수정하거나 덧칠하지 못하니/어찌 허투루 대하겠는가"에서 여실히 드러난다. 한 번 흘러가버린 시간을 두고 되돌리거나 수정할 수 없듯이, 우리는 다가올 시간을 겸손하고 겸허하게 받아들여 뜻 있고 소중한 빛깔로 채워야 한다. 그런데 시인은 자신의 시간을 무채색으로 칠해지길 바란다. "내가 나에게 부끄럽지 않은/투명한 흔적을 위하여/순결한 백지로 펼쳐지는/시간"을 말한다. 가장 아름답고 황홀한 빛깔은 투명하다. 여기에 어떠한 채색을 해도 더 이상의 덧칠도 소용없는 투명하고 순백의 시간을 염원하는 시인의 마음을 엿볼 수 있다. 문맥상으로는 삶의 손길이 아직 닿지 않은 처녀지와 같은 미래의 시간으로 읽히지만, 어쩌면 시인의 마음 깊은 곳에서는 때 묻지 않고 욕심으로 채색되지 않은 온전한 시간성에 자신을 두둥실 채우고 싶어 했을 수도 있다. 이는 영원한 시공간 속의 한 점에 지나지 않는 우리 인간에 대한 연약함을 인정하는 태도이기도 하다. 시인은 인간이 허약하고 나약하다는 사실을 받아들이고 이에 절대 존재에 대한 희구로까지 슬며시 내비친다. 절대 존재라고는 했지만 사실 인간으로서 가장 최상의 윤리적인 지경을 점쳐보고 가늠해본다는 게 정확할 것이다. 하지만 설령 그런 마음을 시인이 품었다고는 하더라도 시편들에서 드러나는 이미지와 비유는 소박한데, 이 소박함으로 말미암아 시인의 질박한 종

교적 심성을 유추할 수 있는 것이다. 시인의 인간론이 종교
적 의미를 바탕에 두고 있다는 사실을 짐작하게 하는 대목이
다. 다음의 시를 보자.

> 바람은 신神의 선물이네.
> 험난한 삶의 굽이굽이에서
> 바람 아니었으면
> 포용의 갈등으로
> 첩첩이 쌓인 번뇌와 망념
> 어찌 다 토했을까
> 도무지 녹지 않는 갈망의 앙금까지
> 마저 뜯어내라고
> 다잡아 재촉하는 바람,
> 흔들린 만큼 다져지고
> 휘둘린 만큼 홀가분해져
> 드디어 가뿐한 종이풍선으로 뜨니
> 바람이 나를
> 그토록 모질게 흔들었던 이유
> 이제야 어렴풋이 알겠네.
> 아무리 잔인한 바람도
> 바람은 신의 특별한 선물이네.

– 「특별한 선물」 전문

신이 인간에게 선사한 가장 큰 선물은 무엇일까. 시인에 따
르면 '바람'이다. 돈도 명예도 건강도 아닌 바람이 시인에게
는 신에게서 받은 가장 특별한 선물이다. 바람은 "번뇌와 망
념" "갈망의 앙금"을 날려 보낸다. 그래서 "가뿐한 종이풍선

으로" 만들어주는 것이다. 종교와 신앙의 기본은 자신을 아무런 의심 없이 신앙하는 대상에 온전히 의탁하고 내맡기는 일이다. 눈에 보이지 않는 바람이라고 해서 존재하지 않는 것은 아니다. 신은 누구에게도 보이지 않지만 아무도 행하지 못하는 일을 한다. 기적을 말하는 게 아니다. 시인에게 기적이 따로 있는 게 아닐 터이다. 자신을 사로잡는 온갖 세속적인 욕망과 집착을 말끔히 씻기는, 그 맑고도 시원한 바람의 작용을 느끼는 것이 기적인 것이다. 모든 특별한 것은 사소하고 부질없이 보이게 마련이다. 공기의 움직임일 뿐인 바람은 너무나 흔한 기류현상이기에 우리는 우리 자신의 몸뚱이처럼 마땅하고 당연하면서 자연스럽게 보인다. "바람이 나를/그토록 모질게 흔들었던 이유/이제야 어렴풋이 알겠네."라 뒤늦게 깨닫는 데서도 알 수 있듯이, 시인 또한 지난날에는 여느 사람들처럼 삶을 지탱했을 것이다. 아주 흔하고 사소한 것에서 신의 은총을 발견해서 감격의 눈물을 흘리는 사람처럼 시인은 바람이 불면서 자신을 정화시킨 사실에 개안開眼의 기쁨을 맛본다. 인간의 신념이나 의지와는 관계없이 어느 날 갑자기 성령의 바람이 불 때가 있다. 시인은 특별한 선물인 바람, 아마도 성령의 바람일 수도 있는 이러한 바람의 극적인 체험 뒤에 찾아왔던 고요와 평화의 느낌을 노래한 것이다.

매일 기도로 탑을 쌓는다.

아무리 높이 쌓아도
결코 무너지지 않는 탑,
오만으로 굳어진 뼈 자디잘게 부수어
쌓은 높이만큼 삶의 무게를 덜어주는 탑,
벚꽃처럼 하르르 별들을 쏟아내
눈먼 영혼의 길을 열어주는 탑

초석을 놓을 때부터
순간순간 풍요로운 위로를 건네받나니
기도로 탑 쌓는 일
번거롭고 성가시다고
어찌 게으름 피우랴.

- 「기도의 탑」 전문

　시집 제4부에 실린 일련의 종교 시편들 가운데 표제작이
다. 시인의 종교적 신앙의 일면을 엿볼 수 있다. 원래 기도란
게 자신의 행복과 안위를 신계 바라는 행위라기보다는 마음
의 안정과 평온함을 유지하면서 드넓은 절대존재와 교감을
나누려는 행위에 가깝다. 이 경건한 의식으로 말미암아 사람
은 자신의 허물과 죄를 반성하면서 정신적인 깊이를 획득하
는 것이다. 시인에게 기도는 탑을 쌓는 일과 같다. 기도로 쌓
아올린 탑은 "아무리 높이 쌓아도 결코 무너지지 않"고 "벚
꽃처럼 하르르 별들을 쏟아내/눈먼 영혼의 길을 열어"준다.
오랫동안 신실한 신앙생활을 해 온 사람만이 느낄 수 있는

기도의 힘인 것이다. 유한한 존재인 인간의 정신이 신과 만나 상승하는 과정에서 반드시 필요로 하는 의식이 기도요 예배라고 볼 때, 시인은 오랜 기도를 통해 성스러운 존재가 선사하는 신비의 영역에 몸과 마음을 담는다.

류선희 시인이 조망하는 세계는 티끌 같은 인간의 어리석음에 대한 관찰과, 이에 바탕한 진정한 삶의 태도와 마음가짐을 갖추기 위한 새로운 차원을 보여주는 시공간의 영역이다. 기도와 묵상의 고요한 시 정신을 드러내는 시편들과 시인의 독특한 사유의 깊이를 나타내는 지성의 시편들이 이번 시집의 한복판에 놓인다. 시인은 깊은 생각의 문을 통해 열리는 지성의 성소에 닿으려 한다. 지성이나 이성은 종교적 신앙의 신비로운 세계와 맞닿아 있다. 이 점에서 류선희 시인의 시로 하여금 독특하고 참신한 향기를 자아내게 한다. 요란한 언어의 색채를 띠지 않고서도 그 은은한 향은 오래 남는 법이다.

바다의 일상에서 우선은
파도 날을 곧추세워
밤새 덕지덕지 눌어붙은 얼룩
포말처럼
흔적 없이 스러지게 하는 것이다.

흩날리는 진애塵埃마저 쓸어낸
더없이 순수한 몸으로

어느 향기에도 비길 수 없는
고뇌하는 사유의 향기
투명하게 분사噴射되도록
오욕의 싹까지 자르는 바다

깊이 사유하는 바다는
날마다 새롭게 태어난다.

포용하는 채롱으로
정화되는 성반으로

- 「사유思惟의 향기」 전문

　이번 시집의 표제작인 「사유思惟의 향기」는 시인의 시 세계
가 어느 방향으로 기우는지 가늠할 수 있게 한다. 바다와 파
도의 비유를 들어 시인이 지향하는 정신과 사유의 길을 형상
화하고 있다. 생각에 잠기다보면 헤아릴 수도 없이 많은 잡
념과 욕심이 생기는데, 이러한 먼지와도 같은 생각의 가지들
에 집착하게 되면 정작 삶의 방향과 이정표를 상실하게 되어
부초 같은 생의 흔적을 남길 수밖에는 도리가 없다. 시인은
정결하고 순수한 사유의 세계에 빠지고자 한다. 이를 가능하
게 하는 동력이 아마도 종교적인 마음의 바탕자리일진대, 가
령 "포용하는 채롱"과 "정화되는 성반으로" 다시 태어나기 위
한 "오욕의 싹까지 자르는 바다"의 비유에서도 이를 유추할
수 있다. 참되고 진정한 사유의 길은 이성과 논리뿐만 아니
라 우주의 한 극점에서 비추는 일자一者, 이 무한한 빛의 영역

에 대한 초월적인 영감 또한 필수적이다. 시인은 "진애塵埃마저 쓸어낸/더없이 순수한 몸으로"부터 시작하는 맑은 사유의 세계에 빠져들고자 한다. 거듭 태어나는 사유의 한복판에서 향기가 날 수밖에 없는 까닭은, 여기에는 어떠한 인간적 번민과 욕망이 들어설 자리가 없기 때문이기도 하지만 오랜 시간 고뇌의 밤들을 거치면서 한결 깊어진 정신이 이룩한 고차원의 영역을 시인이 매만졌던 것에서도 연유할 것이다.

어둠은 미지微旨의 샘이다.

두레박줄 내려
어둠을 길어 올리면

두레박 가득
눈 뜬 사유思惟가 출렁거린다.

어둠이 분만한 아유
마침내
앙증맞은 별꽃으로 핀다.

— 「어둠을 긷다」 전문

시인의 사유가 태어나는 곳은 혼돈스럽고 오묘한 어둠이다. 이를 "미지微旨의 샘"이라 말한다. 이 어둠의 상징을 우리는 제대로 이해해야 할 것이다. 컴컴해서 아무도 보지 못하는 암흑의 공간으로서 어둠을 바라볼 수도 있지만, 위 시에서는 그런 흔한 의미보다는 맑고 명징한 사유가 곳곳에 박혀 있는 상태의 의미로 이해해야 할 것이다. 무명無明이나 아직 성숙하지 못한 상태로서 사유 이전의 황무지 같은 어둠이 아니라 오묘하고 깊어서 인간의 헤아림으로서는 더 이상 그 실체를 짐작하기조차 힘든 의미의 어둠일 것이다. 그것은 현묘한 상태에 가깝다. 그 속에서는 고요하고 순정한 온갖 진리의 말씀과 영혼들이 가득 차 있다. 시인은 그러한 "어둠이 분만한 사유"가 결국 별꽃으로 피는 상상을 통해 어둠이 품은 사유의 빛을 찬미한다. 오로지 감정의 분출만으로 시가 될 수는 없듯이, 시인은 세계와 자기 자신에 대한 철저한 사유와 관조로 서정적 주지시主知詩의 한 계열에 동참한다. 물론 시인의 지성은 기본적으로 세계에 대한 맑은 정서에 바탕한다. 그렇지만 정서에 빠지지 않고 이를 시인만의 독특한 세계 해석이나 종교적 감정과 어우러져서 한 줄 시적 언어로 토해내는 것이다. 류선희 시인은 격렬한 감정의 토로를 삭혀, 그 속에서 숙성하고 정련된 시편으로 독자들에게 다가선다. 거기에는 삶의 연륜과 오랜 기도와 묵상으로 얻은 깊은 종교적 영감이 묻어있다. 이를 시의 꽃이라 부를 수 있을까. 상처와 절망 없는 삶이 없을 수 없겠지만, 류선희 시인의 그윽한 사유와 관조가 피어올린 시편들은 그 자체로 절대자와 이 세계에 바치는 경건한 화환花環이다.